여섯 번째 사랑

고명지

본명 고려인(高麗仁)

월간 『창조문예』 등단

강남문인협회 이사 및 회원

한국문인협회 회원

학여울문학회 회원

한국가톨릭문학회 회원

저서: 『차 한 잔 쉼표』(2019), 『추억의 향훈』(2020),
『얼음새꽃』(2021), 『나이팅게일 새』(2022)
『낙원 훔치는 안경』(2023).

이메일: 47kri@daum.net

고명지 시집

여섯 번째 사랑

밥북

여는 글

우선 현재 있게 해 주신
주님께 감사드리며
“여섯 번째 사랑”이
누군가에 따슨 위로가
되었으면 하는 바람을 갖고
여섯 번째 사랑을
상재(上梓)한다.

2024년 봄
고명지

차례

제1부
봄 품으면

제2부

묘법은 수행에서

제3부

가장 위대한 손

제4부
인생은 잘 삭힌 식혜처럼

제 1 부

봄 품으면

봄 품으면

어미닭 알 품듯
봄 품으면

푸드득 병아리 나오듯
가슴에서 품은 봄도
아픔 이기고

기쁨으로
사랑으로
터져나온다
터져나온다

저 바위샘
폭포수처럼
주체할 수 없이

그 님 시계

어김없이
누르는
햇살 단추에
화들짝
깨나는
봄 여신들

어느 누가 따를까

올해도 어김없이
깨우는 그 님 시계

봄 여신들
흥겨운 무도회
기대되네

매화 연가

마파람에 실려오는
당신 꽃소식
삼동 움추렸던
이 몸
가슴 두 방망이질
첫사랑 그 마음

칼바람 뚫고 오는
당신
장하오
향긴
아무리 궁해도
안 판다는
지조
당신은 선비라오

어서 오세요
늘그막
첫사랑 가슴
버선발로
안으리니
어서 오세요

벚꽃 창 앞에서

눈물이 난다
눈물이

분홍색 투피스
즐겨 입던
봄 여인
생각에

오늘은
오늘은

우두커니
혼자

눈부신 벚꽃
찬탄하던 그녀
그리움에
목이 멘다

마타리꽃

샛노란 우산 뒤집어쓴
마(馬)다리 닮은
아름다운 여인

잴 수 없는 사랑
땅 지력 끌어모은
해산 고통
황금색 꽃 피우기 위한
된장 내음
철저한 자기 방어

뒤돌아보네
언제 혼신 다한
저 노력을
저 노력을

석산(꽃무릇)

삽상한 바람 불면
도솔천
새벽안개 타고
온
선홍빛 님

꽃잎 속내 그리움
이룰 수 없는
애틋한 젊은 스님 넋
뿌리에 품어
천년만년
님
그리네

오월 찬가

긴 가뭄 끝
꿀 같은 단비 내린
누리
아름다운 빛 만드니
맘까지 푸르네 푸르네
꽃 열매 맺을
생명 눈물 품었으니
더 아름답네

가을 들판에서 3
-코스모스

기인 초록 세상 지우고
새파란 하늘 이고
알록달록
천방지축 세상
간들대는 박자 맞춰
춤추는
우주
흐드러진 웃음소리
소녀 얼굴
가득, 가아득

강릉 송정 곰솔밭

살고 싶어라
저 환한 햇발
축복 입고
파도 소리 먹으며
춤추는
무희 군상
곰솔밭

분꽃 3

뭐가 그리 수줍어
어둠 타고
찾아드세요
에미향 그리는
당신 내음
취하다 보면
웃고 있는 해님
미워요
소심한 아가씨
약속한 이맘 알아요

능수버들

황록색 긴 머리채
춤추는
능수버들

오가는 행인
그늘 맹글어
길손 땀 식히네

주막 앞
천안삼거리 흥
아련히 떠오르네

능소 처자
학수고대
급제한 낭군 맞이
노랫소리

보름달

웃고 있는 환한 보름달
저 환한 빛 속에 얼마나 많은
염원이

자식 취직 걱정한 엄마 애절한
농부 풍년 간절한
지아비 건강
집 나간 아들 무사 귀환
수험생 합격

점점 붉게 물들어가는
보름달

애절한 사연
피눈물 되었나

설경

사드락사드락
센베이 눈길
걷노라니
하얀 솜꽃을
누가 나무마다

오 놀라워라

간밤
저런 신비 역사가

겨울 눈 속 사랑

-동백과 동박새

하얀 이불 속
정열 빛 찾아
정열적 입맞춤
사랑 흔적 남기곤
미련 없이 떠나네

노란 옷 나그네
오늘도
그늘 숨어들어
정열적 입맞춤
또 각혈시키네

제 2 부

묘법은 수행에서

묘법은 수행(修行)에서

-박서보(1931-2023)

긋고, 긋고, 긋고
온 울분 토해내
체념, 포기
맘 비우니

화실은 도장(道場)
백세까지 한 줄이라도
마음 다스리기 열망했던
단색화 거장
박서보

둘째 아들 글자 쓰기
체념하는 빗금 긋기
포기 철학 지켜보며

긋고 긋고 긋고
연필 수행
모든 욕망 잠재우고
자신만의
묘법으로
고해를 건넌
수행자

절대 고독 즐긴 예술가

-장욱진(1917-1990)

빗자루 3개 부러질 때까지
맞으며 그림 그리던
바보 아니면 성자일 거야*

대자연 속 완전 고독
자연과 풍만한 대화
초조, 불안, 술과 사투

황소, 까치
자그마한 초가집
기와집 몇 채
수염 난 노인 하늘로 오른다
옹기종기 모인 가족들
흙탕물 세상 말갛게 건져 올린 세상

"산다는 것은 소모하는 것"[**]이라며
숫돌에 몸 갈 듯
생을 산
절대 고독 화가
장욱진

* 고모의 말.
** 장욱진의 말.

벌거벗은 자(無衣子)

-권옥연(1923-2011)

프랑스식 인사

미남

노래 잘 부르던

초현실주의자

쓸쓸한 대갓집 고향 사랑하던

화가는

정신 연령 다섯 살 넘으면

그림 못 그려

잃어버려 서글픈

유산 붙잡으려

몸부림치던

벌거벗은 자가

궁집*에서 우릴 초대하네

* 영조의 딸 화길 옹주(1754-1773)가 7년 살던 집. 권옥연 일가가 사들여 2011년 복합문화공간 무의자 재단 설립, 남양주 명소.

망치 소리, 무언(無言)의 교육자

-김종영(1915-1982)*

쿵 쿵 쿵
매일 일정한 속도
망치질 소리

작업실 들려오는
무언의 교육
모든 제자들 존경받는
소탈한 도인(道人)

한국 조각가 대부

추상 원리
서예, 조각으로 추구한
작품에 무한한 내용을 함축
보는 감상자 따라
다양성 있게
표현했다네

* 평창동 김종영미술관과 국공립미술관. 조각 220점, 서예 2000점, 드로잉 3000점을 남김.

아메데오 모딜리아니

(1884-1920)

연료 넣으면 움직이는 그림 기계 화가
결핵 감추기 위해
음주, 마약
가난의 질곡 헤매던

기인 목 아몬드형 눈
부드러움 고요 깃든
아프리카 미술, 원시 미술 동경하던

사후에 재평가된
천재 화가

여성 최초 서양화가

-나혜석(1896-1948)

"탐험하는 자 없으면
그 길 영원히 못 갈 것이오"
백 년 전 외치던 신여성

아가씨 운명 박차고
한국 여성 최초 서양화가 된
나혜석
네 아이 엄마, 화가, 교육자, 문인, 독립운동가 조력자,
여성해방을 부르짖다
이혼 당당히 발표하여 신여성 냉대받고
홀로서기 하다 파킨슨병에
생 마감하고 행려병자로 등장

그래도 백 년 만에 빛을 보네

"우울한 자화상"*, "화녕전 작약"**, "김우영 초상화"***

* 1928년 작, 미국 로스앤젤레스 카운티뮤지엄 현대 미술의 근대전.
** 1930년 작, 이혼 후 수원에서 그린 작품, 국립현대미술관 이건희 컬렉션.
*** 1928년 작, 남편 초상화, 수원시립아이파크미술관.

MZ들에 인기 자화상*

-에곤 실레(1890-1918)**

뒤틀린 목, 삐딱한 자세
요즘 MZ세대 인기
고개는 삐딱 시선은 불안하고
누군가 째려보는 자화상***
그게 근간장 이상증 때문인가
의도한 저항 상징인가

* 요즘 청춘 자화상으로 불리며 휴대폰 홈 화면으로 인기.
** 28세 스페인 독감으로 요절한 오스트리아 화가.
*** 1912년, 꽈리 열매가 있는 자화상.

화가 그림자 1
-김기순(1920-)

고요하고
포효하고
어둠 속 잔잔한
내면 산(山), 산(山)을

25년 심장박동기 달고 투병 생활
여덟 번 뇌출혈
서른일곱 번 입원
내면 산(山)에 미쳐 그리는

한국 추상화가
유영국 그림자
김기순

기우는 가세
택시업까지 해가며
오로지 지아비에 바친
순애(殉愛)에
박수 보내네

무림의 고수

-원계홍(1923-1980)

새벽마다
아무렇게나 생긴
평범한 골목 그리고

새벽마다
화병 새 장미 꽂아
그리던

'회화 그 자체가 주제'라던

오로지 한 길
그림에 오로지 바친 생
백 년 만에 빛 보니

방탄소년단
MZ세대 발걸음
이어지네

아버지 살린

-페테르 루벤스(1577-1640)

‘시몬과 페로, 로마인의 자비’

억울하게 죄를 뒤집어쓰고
감옥 갇힌 노인, 시몬
아사(餓死) 벌 받자
지혜로운 딸, 페로
간수 피해 자신 젖으로
아버지 생명 구한
고대 로마인 영웅담
봄바람
시린 가슴 덥히네

국민 사랑
-50만 리라 지폐*

밝은 얼굴, 검은 복장 속
따뜻한 내면 평화
아래로 향한 맑은 눈**

열병
잘못된 믿음***
앗긴 천재 화가
르네상스 거장 라파엘로****

국민 사랑받고 있네
이탈리아 50만 리라 지폐
초상화로

* 50만 리라(약 25만원).
** 30대에 그린 자신의 초상화.
*** 사혈치료법으로 과다출혈.
**** 라파엘로 산치오(1483-1520). 미켈란젤로, 레오나르도 다빈치와 함께 르네상스 3대 예술가 중 하나.

세례자 성 요한[*]

-레오나르도 다빈치(1452-1519)[**]

어둡고 고요 속
모나리자 닮은 묘한 웃음 짓는
바깥 향한 눈동자
왼쪽에 십자가
오른손 하늘 향해
세상 창조를 묻고
있는 요한

저 묘한 눈동자
외사시[***]라니

천재 예술가 질환에서도
명작 낳네

* 예순 살경 그린 성 요한 그림.
** 예술과 과학을 넘나든 이탈리아의 천재 화가.
*** 눈이 바깥쪽으로 돌아감.

농원 화가

-이대원(1921-2005)

트레이드마크
까만 뿔테 안경
다소 딱딱한 인상이지만
그림 속 누구보다 행복하게 산

극도 슬픔, 고통 해탈한
아지랑이처럼 피어오른 그림
어릴 때 뛰놀던 과수원 그려 온
색채 화가

쇠라 점묘법 연상하기도
빛 데생하는 화가
슬픔 없애는
짧은 선 빠른 속도 겹치며
사물 배경 동일한 밀도로
황홀한 자연 감동 주고 간
화단 신사

그림으로 질병 이름 남긴

-파울 클레*(1879-1940)

캔버스 보다
신문지, 판지, 천 붕대 이용한
프로급 바이올리니스트

튀니지 여행
화려한 '세네시오'**
노랑, 빨강, 흰색 노인 얼굴

병마가 덮치니
검정 크레용, 거친 선 칙칙한 색
몸 굳어간 고통 속에서도 창작열 활활

"죽음과 불"*** 낳으니
해골 위 T, O, D 죽음 암시
덕분에 '경피증' 날****만들어

* 스위스 태생 입체파 화가. 61년간 1만여 작품을 남김.
** 꽃이 피는 범주를 뜻함.
*** TOD는 독일어로 죽음을 뜻함.
**** 클레의 사망일을 세계 경피증의 날로 정함

군상 2

-이쾌대*(1913-1965)

남녀노소 다양한 인물

서로 뒤엉켜 물고 뜯고

때리고 싸우는

뒤에선 돌로 내리쳐

카인과 아벨 떠올리는

핏기 잃은 여성 끌려가는

그 속에도 초롱초롱 눈망울

메시지를 전하는

한국 미켈란젤로답게

해부학적 원리 기초한

완벽한 표현을 그리네

* 한국의 근대사실주의 화가.

그럼에도 불구하고 1

-에드바르 뭉크*(1863-1944)

바위 절벽 너머
초록 들판 뒤
파란 바다 위
밝은 원색 품은 황금빛 햇살
온 세상 둘러싼
찬란한 태양 그리니

불안, 우울
알코올 중독자였지만

신생국
건강한 젊은이들에
밝은 미랠
보여주네

* 유명한 그림인 찬란한 태양을 그린 화가.

난청으로 어둠을

-프란치스코 고야*(1746-1826)

밝게 그리던 화풍도
질병 앞에선

파격적 지극히 주관적 느낌
낭만주의 화가
프란시스코 고야
〈옷 벗은 마야〉
〈옷 입은 마야〉로
기쁨, 빛에서
공포와 유령으로

난청은 화풍도 바꾸니
질병 고통이
얼마나 짙었길래

* 스페인을 대표하는 낭만주의 화가.

제 3 부

가장 위대한 손

가장 위대한 손

많이 베푸는 손
아니
따슨 손
엄마 손
아니 아니
겸손
아니 아니
사제 손
성체 맹그니까

사막을 걷는다 해도

친구야 기운 내라
모래바람 눈 아파도
머리카락 한 올씩 세고 계신
그분 모실 수 있다면
그분 모실 수 있다면
우린 꽃길 걷고 있는 거란다

언제나 우릴 애타게 기다리는
그분을 모신다면
그분을 모신다면

눈 빠지게
이 순간에도
너를, 너를
꼬박꼬박

죽산성지

누군가 끌려가면 잊으라 했다는
이진터
5월이면 멋진 장미 축제
25명 순교자
수많은 무명인들 잠든
그 피지도 못한 넋을
성모님 피에타상 장미로
다시 부활하려는가

십자가길 묵상하며
돌 묵주기도 길 걸으며
그 모진 병인박해
150년 저 아픔 서린 역사를
기리며
부족한 신심을
후손으로
씩씩하게 잇겠다는
다짐을
다짐을

스며든 찔레 향같이

발밤발밤 나서는 발길
하얀 찔레 향
머언 유년 시절 꽃밭
곁에 있어도
못 느꼈던

함께 있어도
깨우쳐 주지 못하니
당신 향
내 안에 있어도
깨닫지 못하니

어제도. 이천 년 전에도 계셨던
그분 향
저 찔레 향보다
향기로웠는데
왜 몰랐지

제 품삯은요

-마태복음 20:1-16

아버지
제 포도밭 농사는
비료도 주고 잡풀도 뽑긴 하는데

보시기에
잘하고 있는지

간간이 알려 주세요

만에 하나
열심히 가꾸고 있는데

훼방꾼이라도 들어
기껏 지은 농사
망치지 않나

매의 눈으로
살펴주세요

먼 훗날
품삯 걱정 안 하게요

주님 손길인가

저물녘 방안이 그토록 환할 수가
너무 감격해
묵주기도가 저절로
감사 기도드리니
가슴 뜨거워지네

아, 그들도 저 높으신 분 제자였던가

아파서 서러운 아이들
꿈 이루어 주는
어른들 있네

팔 걷어붙이고
수작업 신제품 과자
"딸기 고래밥"
"코코볼 컵"

꼬마들 환호성
매서운 동장군도
사르르

백혈병 앓는 아이
경찰관 꿈 이루어
경찰 헬기 타고
범인 검거 체험
하늘나라 웃으며 보내는

디즈니 만화처럼
소원 이루어 주는
어른들 모임
무조건적 사랑

아, 그들도
저 높으신 분
제자였던가

자랑스럽네
-성 안드레아 김대건 신부 성상 축성식 보며

오 자랑스럽네
순교 177년 되는 날
한국 최초 사제 김대건 안드레아 신부 조각상
첫 주교 교황 성베드로 성당 세워지다니
이제 세계인 김대건
평화 사도 탄생
가슴 뿌듯한 일이네

항상 희망과 용기 불어넣은
25년 짧은 생
세계 젊은이 본받길
유흥식 추기경 기도
새기며

서울 새남터 성지 순교한
성 안드레아 신부
신학생 시절 아편 전쟁 목도 하고
참혹한 전쟁을 대화로 평화 추구했던
발자취
미래는 온유함으로 건설된다는 증거
한반도 예언이라는 교황 말씀
되새기며

급변하는 세계
첫 동양인 사제 조각상 앞
우리 신앙인 자세
가다듬어 보네

사막에 핀 한 송이

-서울아트센터장 이대봉*

자식 가슴에 묻고
치솟는 울분
용서로
범인(凡人)이면 그리할 수 있을꼬
음악 하던 열여섯 막내
죽인 범인을

주님 사랑하기에
"원수를 사랑하라" 손수 모범 보인
당신
선처를 부탁, 구명운동까지
담당검사 왈 "검사 생활 18년간 첨 본다"
아이 다니던 학교 인수하고, 추모비
아트센터, 장학회 등
용서 힘
복수 힘 앞서더라네

당신은 진정 하느님 제자
사막에 핀 한 송이
향기 깊은 꽃이네

* 1975년 동아항공화물 설립, 가스산업, 베트남 그랜드하노이 호텔 등. 2010년 도산 위기 서울예술학원(서울예고) 인수, 서울아트센터(100인조 오케스트라 무대, 1,084석 객석, 최첨단 음향시설 갖춘 예술전당, LG아트센터 버금감).

폭설

저 포근한 이불 속
뭘 숨겨둘까

아픔, 괴로움, 미움

곰곰이 생각하니

주님 말씀 숨겨둘까

사르르 사르르
녹아내리면
내 몸속으로
스며들어
피, 살 되어
천국 가는 길
밝힐 테니

영적 눈

"스승님, 제가 다시 볼 수 있게 해 주십시오"
저 바르티매오
눈먼 자 기도
겸손 사랑이 먼저라는데

제대 앞에 앉아
오늘도
날 들여다본다

굳은 믿음 있나
세상 언어로 진리를
주님 위해 목숨 바칠 용기가

저 구원을 향한 발걸음
"주님 제가 다시 볼 수 있게 해 주십시오"

아픈 상처를 걷어낸 자리에
치유가 돋아나면

오늘도 저 자비 기도를

겸손 화신(化身)

-세례자 요한 2

요즘 세상
처세술로 보면
세례자 요한처럼
살 수 있나

그 당시
자신 따르던 제자들을
무명 예수님에게

자신은 점점 작아져야 하고
증언하는 그분은 점점 커지셔야

철저히 준비시키는
등불로 빛을 전하는
울림으로 다가오는
철저한 보조적 그림자

당신은
준비된
겸손 화신(化身)이었소

영생(永生)

인간 영원한 희망 사항
영생

순직한 조종사 어머닐 만나
"엄마 너무 보고 싶었어요"
뜨거운 눈물 쏟는 어머니
18년 가슴 묻었던 아들 재회

AI 기술로 모니터 속 부활한 아들*

이제 영생이 가까이 오고 있는가

미라를 만든 이집트인
불로초 찾아 헤매던 진시황 꿈
영생 기술 연구
박찰 가하는 세상

미래
축복일까
저주일까
머리 아파오네

* 훈련 중 순직한 27세 박인철 소령.

믿음 맛

소금 3%
온 바다 짠맛 내듯
오늘 살며
세상에 스며들어
내 믿음으로
어둠 씨앗 몰아내
주님 구원 길
복음 맛 내었는지

"나만" "나만"
드러내지 못해 안달하는 세태

괜찮아유
기쁨 바이러스
기쁨 꽃 활짝 피어난다면
주님 자녀로 됐시유

성령

성체 조배 시간
제대 위
오래 머무르는
붉은빛

사제석
성서 위
초 위
빛은 계단을 타고
서서히 서서히
신자석
머물다 사라지네
어루만지시는
성령 손길
아니었던가

사순절 단식

구원 얻기 위해
진지하게 생각
찾고 머무르고
주님께 청하자

주님 바라는
이웃 사랑 실천
악행 단식
오로지 한길로
주님께
한 걸음씩 한 걸음씩
나아가야
악마에 휘둘리지 말고

하느님 표 돋보기

어느 안경점에 가
맞추어도
시력이 안 맞아

한평생
찾아
헤매던
돋보기

우연찮게
성체 앞

모든 게
그리 아름다울 수가

왜 몰랐지

밀알 신비

해토 하는 땅
한 알 밀알
씨앗 심으면
대지는 초록 옷 입고
생명 향연 시작
한 알 밀알은
천 배 만 배
열매를

죽어야 산다는
생명 신비
본받은
간절한 기도
우리 소망
이루어 주신다

달콤한 고백

님
모시면

가엾은 마음으로 오시는
내 님
“나는 너를 가장 사랑한다”
구유가 된 마음속
말씀을 기억할 때마다
일깨우시네

세상
어느 뉘
고백보다
달콤하게

제 4 부

인생은 잘 삭힌 식혜처럼

인생은 잘 삭힌 식혜처럼

세월 속 자아를 삭힐 수 있다면
부글부글 끓어오르던
철부지 시절
치기 어린 객기도
넘볼 수 없던 헛된 꿈도
엿기름 분해 작용으로 풀어지듯

가을 나이 돼 보니
잘 삭힌 식혜 한 그릇
소화 잘 시켜
몸 기능 돕듯

아웃에 도움 줄 수
있으면
어울려 사는 세상
못 살진 않았지 않을까

용틀임하는

푸른 용의 해 맞으며
용틀임하는 한 해

고생, 수양 끝
급류 훌쩍 넘는 잉어
푸른 비늘 반짝이는
진짜 진짜
용 되길

아욱 된장국

간만에
널 만나니
푸근함에 울컥
엄니 치마폭에 안긴 듯

삼동 견뎌온 서러움
씻어주네

온 집안 퍼진 구수한 내음
팍팍했던 응어리
풀어
꽁꽁 싸맸던
매듭 스르르

아, 니 된장국 한 사발
엄니 손맛이었던가

당신이

당신이 진정한 애국자요

그 옛날 2500년 전
구천*이 쓸개 핥으며
고민한 고것

당신 진정한 애국자요

유방암 수술 후
4명 아이 출산
모유 수유까지

엄마 용기는 암(癌)도 넘어
애국까지 거머쥐었으니

* 월나라의 왕. 오나라 부차에게 패하여 쓸개를 핥으며(와신상담) 부국강병에 힘써 끝내 승리함.

나이 듦에

뚜벅뚜벅 걸어오다 보니
시나브로
노을이네

돌아보니
옆 친구 뵈지 않아
훅 가 버렸네

다행이네
같이 갈 벗 하나
움켜쥐었으니

줄 서 대기 한다는
고급 양로원
안 부러워
안 부러워

죽이라도 쑤어야
자판을
두드리네
이 순간에도

무궁화를 바라보며

아파트 어귀 근엄한 어른
그대 이름 무궁화라네

아픈 고통 끈기 있게 절개 지킨
순국선열 피
붉은색 열정 간직한
순결한 영혼

기인 여름
우리에게
선조 모습 기억하라며
호령하고 있는 듯

군자 나라*

남궁억** 무궁화 사랑

기억하라며

피고 지고

또 피어 무궁한 생명력

어지러운 세상

일침 가하네

* 춘추전국시대 산해경(山海經).

** 한서 남궁억.

너도 배추처럼

넌 언제 저 배추처럼
살아 보았니
곰삭은 배추
입맛 돋우는

땅에서 뽑히면서
허옇게 배를 가르며
소금에 절이며
매운 고춧가루, 짠 젓갈에 비벼지며
장독에 담겨 땅에 묻혀
다섯 번 죽으면

깊은 맛
유산균
면역력 강화
푹 익은

너도 저 배추처럼
고집, 편견 토해내고
살아
곰삭은 인생 만들어
사랑받는
인생 만들지 않으련

비빔밥처럼

식탁 오케스트라
비빔밥
지구촌 입맛 잡네
달고 시고 짭조름한 맛 어우러진
너와 내가 아닌
우리
찢어진 지구촌 상처
비빔밥 한 그릇 먹고
하나 되어
평화 물결 넘치는
누리
빌어보네

바람이 아니다

펄럭인다

세계 도처에서
자랑스런 우리나라 국기

한 번이라도
펄럭이는 우리나라 국길
생각해 보았나

펄럭이는 건
"숨진 순국선열, 장병들
마지막 숨결"

그분들 없는
우리나라는
천사 없는 하느님

그려지는 얼굴

아침마다
올라오는 구수한 된장국 내음
엄마 끓여 주던
옛 생각 떠오르네

큰 두레상
머리 마주하고
정신없이 뚝배기에 빠지던

저 내음에
코를 벌름거리던
얼굴, 얼굴
그려지네

주름

나이 들면 생기는
세월 훈장

시간 갈수록
깊어지니

걱정하지 말지니

중요한 곳에
줄을 죽—
긋지 않니

우릴 맹그신 분이
중요한 인물이라
줄을 그리 긋고 있다고
생각하자

사과 가격

사과
한 알 만원

종교 만들고
신화, 설화 만들고
과학 만들고
현대 미술 낳은

사과
한 입 베무니

이브 사과
파리스 황금 사과
뉴튼 사과
백설공주 사과
윌리엄 텔 사과
스피노자 사과
세잔 사과

와르르 쏟아지니
싸네 싸

환갑연 맞은
-라면 2

지구상 어떤 음식
세계를 접수했나

회갑연* 맞은 라면
555개 종류
신라면에 '불닭' 타고
2022년 1조 원 수출액
지구를 2,670바퀴
꿀꿀이 사 먹던 시절
배고픔이 낳은

운동선수들
역전 신화 만든
라면 먹고 육상 3관왕
임춘애 헝그리 정신

세계 소비국 한국인 2위
편의점에서 컵라면 열풍
훨훨
스위스 알프스 융프라우[**]까지
K컬처 확산 핫해진 인기[***]

먹방 불 지른 라면 신화
대통령들도 끓인다

* 1963년 삼양라면 탄생.
** 1999년 신라면 스위스 융프라우 전망대 판매.
*** 2020년 영화 ‘기생충’ 아카데미 수상, 짜파구리 열풍.

마렵다

노상 방뇨
마약 만연
영아 살해

온 나라
어디로 표류하는가

그 선조들 지켜온 명성
이렇게 무너져도

누가 우리 정신 괄약근 망가뜨렸나

눈 뜨면 자기 밥그릇 챙기는데
혈안 돼
머리에 띠 두르고
아자 아자

국민 정신무장 거리 캠페인이
더 마렵다

마렵다
마렵다

말 한마디 그리울 땐

말 한마디
그리울땐 땐
아무에게라도
말을 걸어봐
어떤 것에게도
괜찮아

옆에 있는
어떤 것에도
주방에 가면
밥통, 수저 등등

귀 기울이면
조곤조곤
들려주는 소리
투덜거리기도
깔깔거리기도

귀 기울이다 보면
혼자 아니었네

위(胃)에 대하여

넌 단순한 고깃덩이 아니지

먹여 살리는
위대한 이여
너 때문에
하마터면
고태골 갈 뻔했지

머슴같이 혹사시켰지
마구 쑤셔 넣고
나 몰라라

널 삼분의 이를 자르고도
아직도
정신 못 차리는
어리석은 자
어쩌지

위대한 위(胃)여
고개 숙여
감사드리네

개장, 화장을 지켜보며

묘 개장
사랑하던 아버지
해부학 시간 보던 모습

30년 세월 삭은 베옷이
그물이 돼
살은 없고
갈색 뼈
백지에 곱게 싸
화장을 하니
푸석한 재
곱게 가루로 유골함 담기네

그렇게 허망하게 사라진
사랑한 아버지
머리, 가슴 따로따로
받아들여지네

살아생전 그 모습
사진으로만

익어가는 곶감을 보며

주렁주렁 매달린 감
차가운 바람 가을 햇살
얼었다 녹았다 반복
한 달 뒤 먹음직스런 곶감 익어가

노년인 우리
온갖 풍상에
희로애락 겪으며
익고 있지
너무 고집부리면
추한 모습

움켜쥔 손
비어야
비어야
고운 빛 곶감 닮지

그래, 그래
비우는 연습 하자꾸나

한국 음식 훨훨

맛 교향곡 비빔밥
구글 레시피 검색 1위
"태양의 후예" 드라마 업고
1998 최고 대한항공 기내식

한국 셰프
돼지 곰탕*
뉴욕타임스 선정
2023년 최고 요리
힘들 때 위로 되는 음식
기분 좋은 행복감

세계 입맛으로
훨훨
패스트푸드 반열 오르길

* 옥동식 셰프.

광풍

언제부턴가
계절풍도 아닌
치맛바람 광풍
황소개구리 의대 만들어
초등생, 직장인
부모 압박
우회 길
외국 의대까지
“묻지 마 의대”
교육계 사이렌 소리
짧은 인생
그 길만 답인가
묻고 싶네

그래도 이런 천사 덕분에

10달러짜리 전자시계
방 두 칸 임대 아파트
15년간 40억 달러 기부*

30억 달러 지분 환경단체에
낡은 옷, 컴퓨터와 휴대폰도 사용 안 하는**

내게 필요한 것은 점심 저녁 흰 쌀밥 두 그릇
1조원 재산 99% 기부***

3,000억 달러 사회 환원
부자로 죽는 것은 부끄러운 일****

그래도 지구촌
불 밝히는
천사 덕에
희망 보이네

* 찰스 척 피니.
** 파타고니아.
*** 홍콩 배우 주윤발.
**** 카네기.

너
-벤치

거리 선물
벤치
모든 이에 공평하게
휴식처 내주고
추억을 만들어주고
사람 모이게 하고
맘껏 수다 떨고
보지 못했던 풍경 뵈게 하는
너
머물고 싶어지는
너
되고 싶다

그렇게 이뤄지네 신화는

"서울 가서 고기 먹자"
다정한 격려

무적 양궁 조력자
경기장 쫓아다니며
목 터져라 응원하던
정몽구, 정의선 부자

최신 각종 시설 신기술 도입
양궁 미래
꿈나무 위해
초, 중학교 장비 무상 지원
현장 소음까지
항저우 양궁장 재현

39년째 일편단심 사랑
10월 6일 13년만 금메달
그렇게 이뤄지네
신화는 신화는

아 그러면 안 되지

가장 좋은 나라 21위
강력한 국가 6위

저출산, 고령화
아, 이러다
오천년 배달민족, 백의민족
소멸해 가나

전 세계 난민들 물결
이 한반도에도
몰려올 텐데

이렇게 주저앉을 수 없지
어떻게
온 국민 중지를 모아
인구 감소 쓰나미
막아내자구요

쌈박질 좀 그만하구요

그리워야 할 전설
-스타라이트 델리, 김정민*

“당신 옆에 행복한 길 놓여 있기를,
그때까지 미소 짓고 있기를”
샌드위치 가게 문 닫는 날**
뉴욕 브로드웨이 배우들
“감사 떼창”
지구촌 흔드네

눈이 오나 비가 오나
불 밝힌 한인 샌드위치 가게
브로드웨이 40년 명물
“스타라이트 델리”
가벼운 주머니들에 허길 달래 준
따슨 전설 낳은
위대한 한국인
김정민

* 브로드웨이에서 1983년부터 매일 아침 6시에서 오후 8시까지 샌드위치 가게 운영.

** 브로드웨이 배우들이 추억을 심어준 사람이라며 폐업일에 노래해 줌.

질기고 질긴 팔자
-지폐 일생

와글와글 세상
방음벽 들어오니

행주치마 코흘리개 달래던 할머니 따슨
찬바람 쇠주 몇 잔 택시비 찔러주던
결혼식장, 돌잔치, 장례식장 내밀던
손, 손 생각나는데

휴대폰 모바일 페이 세태
커피 전문점에도 문전박대
그 옛적 38억 장 울고 웃겼는데
지구상 서서히 몸 감추려나

내 고향 사과 향 경산
까다로운 8단계 공정 두 달
어둔 차 칸 10톤 트럭 여행
육중한 창고 자다 세상 빛
쓸모 있는 놈 된다지

온 세상 유람하다
세종대왕, 신사임당 낯부끄런 뇌물
비자금 꼬리표 장판 아래 잠자다
곰팡이 피고 병들면 환생하다
너덜너덜해지면
분쇄기 갈린 325년 역사 몸
소리 막는 파수꾼 된다니
질기고 질긴 솜뭉치여

상전인 세상

띵동!
우리 꽃순이가

지인 반려견 부고(訃告)
조의금 내라는

반려동물 인구 1,300만 시대
개가 상전인 세상
최고급 수의, 최고급 오동나무관
영정사진 앞 국화꽃
49재, 천도재까지

자기 조상을 모시듯

가족 같은 반려동물이지만

언제부터

화폐 속 인물

지갑 속
배춧잎 한 장 꺼내며
세종을 생각해 보았나

천 원권 이황
5천 원권 이이
1만 원권 세종
5만 원권 신사임당

박정희
성리학 사랑
보화를
한국학, 민족문화
쭉쭉 뻗어 나가길
바라는 깊은 뜻
헤아리라네

돈 속에서 만나요*

"세종대왕처럼
신사임당처럼
나도 돈 속에
들어가는
꿈을 꾸며 살래요"

"돈 속에서 만나요"

광고용으로 나온
노래이지만
씁쓸한 노래
꼰대 생각인가

* 김원길 작사.

시인 3

엄지손가락 눌려 관절염 걸린
60년 전업 시인*
"위로받을 곳 하나 없는 세상
시(詩)라는 등불을 켠다"

절망 순간
"너는 죽을 만큼 살았느냐"**

돌아본다
얼마나 절실하게
썼는가 묻는다

목숨 바꿀 절실한 순간
절창을 기대하며
오늘도 오른다

* 만해문학대상 천양희 시인.
** 직소폭포 앞에서 들은 소리.

여섯 번째 사랑

펴낸날 2024년 5월 7일

지은이 고명지
펴낸이 주계수 | **편집책임** 이슬기 | **꾸민이** 박효빈

펴낸곳 밥북 | **출판등록** 제 2014-000085 호
주소 서울시 마포구 양화로7길 47 상훈빌딩 2층
전화 02-6925-0370 | **팩스** 02-6925-0380
홈페이지 www.bobbook.co.kr | **이메일** bobbook@hanmail.net

ISBN 979-11-7223-005-0 (03810)